Mark Sarg

"Exhumieren Sie sich!"

Mark Sarg

"Exhumieren Sie sich!"

Bizarre Kurzgeschichten

Goldene Rakete Verlag für Belletristik

Imprint

Cover image: www.ingimage.com

Publisher:
Goldene Rakete Verlag für Belletristik
is a trademark of
International Book Market Service Ltd., member of OmniScriptum Publishing Group
17 Meldrum Street, Beau Bassin 71504, Mauritius

Printed at: see last page
ISBN: 978-620-2-44521-4

INHALTSVERZEICHNIS

GEHEIMNISVOLLE IRRITATIONEN

„Ich bin ganz irritiert!“, stellte Mrs. Fergie Sargmichl fest und setzte sich ihrem Mann auf den Schoß. Der beschwerte sich, dass sie ihm zu schwer sei, und ließ sie zu Boden fallen.

Als sie wieder aufstand, war sie noch irritierter. „Wo finde ich den nächsten Irrgarten, Miss?“, fragte sie ihn.

Jetzt war ***er*** es, der irritiert war.

DER PFERDESCHLUCKER

Die bis heute unerreichte Attraktion des legendären Artisten Maestro Gaulidio Maltretini bestand darin, einen kompletten Hengst mitsamt Federschmuck zu verschlucken, sodann auf einem Seil in die Zirkuskuppel hochzuklettern, ihn wieder auszuspeien und auf ihm das Seil hinabzureiten.

Eines Abends wollte der Künstler eben mit seiner Glanznummer beginnen, da wieherte der Hengst einmal kräftig außer Programm – und verschluckte ***ihn***. Das Publikum dachte an eine originelle Variation der Darbietung und wartete gebannt.

Das Pferd hingegen richtete sich auf den Hinterbeinen auf, um mit resoluter Stimme zu verkünden: „Irgendwann muss ***Schluss*** sein mit der ewigen Schluckerei!" und danach in gemächlichem Tempo aus der Manege zu traben.

Die wie wild applaudierenden Zuschauer hielten dies für eine weitere Pointe des Abends – und ahnten nicht im **Entferntesten**, dass sie den Maestro zum ***letzten*** Male gesehen hatten!

DIE QUIRLIGE LEICHE

Von einer solchen Quirligkeit war Mrs. Gfretty Stadtluder als Leiche, dass sie sich allen Ernstes fragte, wie sie überhaupt je in einem ***anderen*** Zustande hatte „leben" können.

Und erst jetzt die wahre Bedeutung des Spruches verstand: „Man wird geboren, nur um zu sterben!"

DIE SELBSTERNANNTE LEICHE (2)

Weil Miss Gfrasty Dorfluder partout nicht zu sterben vermochte, verlor sie irgendwann die Geduld – und ernannte sich schon zu Lebzeiten selber zur Leiche.

Unerklärlicherweise bemerkte den Schwindel bis heute keiner.

„BUSERIEREN SIE MICH!“

„Buserieren[1] Sie mich bitte ein wenig, damit ich endlich schlafen kann. Ich **ängstige** mich sonst unentwegt davor, buseriert zu werden!“ Mit diesem etwas ungewöhnlichen Ansinnen läutete Hofrat Axel Furchthengst nachts bei seiner Nachbarin Hermine Humpelkatz.

Da diese aber selbst bereits geschlafen hatte, beschloss sie, ihn ein wenig ***mehr*** zu buserieren und zu traktieren – und heiratete ihn am nächsten Tag.

---

[1] = drängen, nötigen, drangsalieren

„BUSERIEREN SIE MICH NICHT!“

Schlaftrunken öffnete Madame Ludmilla Bartstocher nachts ihre Toilettentür – und war mit einem Schlag hellwach. Ein Gespenst mit rosa Filzhut und weißem Faltengewande thronte auf dem WC!

„Was machen Sie hier?“, war alles, was sie herausbrachte. – „Was macht man wohl auf einem WC, Madame?!“ – „Aber Sie als – Geist ...“ – „Ob Sie es glauben oder nicht, meine Teuerste, selbst einem Gespenste sind menschliche Regungen manchmal nicht ganz fremd.“

„Dürfte ich dennoch jetzt die Toilette benützen?“, wagte sie sich nach kurzer Verschnaufpause mutig voran. „Buserieren Sie mich nicht!“, ermahnte sie das Gespenst, „Ich brauche so lange ich brauche. – Und machen Sie gütigst die Tür wieder zu! Oder ist Ihnen Ihre Scham zur ***Gänze*** abhandengekommen?!“

Geschlagene zwei Stunden später – wie auf Nadeln war sie im Bett gelegen – hörte sie **endlich** die Wasserspülung, und gleich darauf stand ihr Besuch auch schon vor ihr, den Hut in der Hand und aufmunternd lächelnd: „Wenn Sie noch wollen, dürfen Sie jetzt. – Ich benütze derweilen auch Ihr Bett.“ Madame erkannte rasch, dass jeder Einspruch sinnlos war, und begab sich lieber schleunigst auf die Toilette.

Behutsamst fragte sie nach ihrer Rückkehr, ob sie **vielleicht** wieder in ihr Bett könne. „Buserieren Sie mich nicht! Ich brauche so lange ich brauche.“ Fast hatte sie eine solche Entgegnung erwartet. „Soweit ich weiß, steht eine Couch in Ihrem Wohnzimmer, Gute Nacht also!“ Nichts anderes blieb ihr übrig, als diesem Hinweis zu folgen.

Mit höchst zwiespältigen Gefühlen wollte sie am Morgen nach ihrem Gaste sehen, doch fand sie auf dem Bett nur noch ein Foto von „ihm“ vor, auf welchem allerdings nicht viel mehr als seine markante Kostümierung auszunehmen war, das aber auf der Rückseite die in rosa Schrift flüchtig hingeworfene Widmung trug: „Adieu! Vielleicht wäre ich sogar etwas länger geblieben, wenn Sie mich nicht ständig buseriert hätten.“

Da konnte Madame nicht umhin, sich verstohlen eine Träne aus dem linken Auge zu wischen.

„BUSERIEREN SIE SICH!“

„Buserieren Sie sich ruhig ausgiebig vor dem Zubettegehen. Sie werden danach desto froher und glücklicher sein, **verschont** von sich zu bleiben!“

Diese Anregung aus den „Tipps und Maßnahmen für den erholsamen und gesunden Schlaf“ von Dr. Dagobert Himmelgfrett brachte Mrs. Edna Dampfmirl, wiewohl penibelst umgesetzt, **keineswegs** den gewünschten Erfolg.

Denn sie ärgerte sich während der gesamten Nacht so gewaltig über ihre „penetrante Dreistigkeit“, dass sie sich gleich nach dem morgendlichen Aufstehen mit Hochgenuss zwei schallende Ohrfeigen verabreichte.

Und statt des strafverschärfend gestrichenen Frühstücks verfasste sie einen Brief an den Verlag, in welchem sie diesem sowie dem Autor noch weit Schlimmeres androhte ...

„BUSERIEREN SIE SICH NICHT!“

„Buserieren Sie sich doch nicht unausgesetzt, meine Gnädigste, solange Sie am Leben sind. Sie haben auch **hinterher** noch genügend Gelegenheit hierzu!“

Der trostreiche Rat des angesehenen Spiritisten Prof. Hopkins Wackelschädel beruhigte Mrs. Cathy Schornstein zum Abschluss einer langen Sitzung wirklich ungemein.

Hatte sie sich vordem doch **über alle Maßen** drangsaliert und schikaniert – nur weil sie fürchtete, nach ihrem Tode dazu nicht mehr in der Lage zu sein.

DIE TRAURIGE LEICHE

Nach ihrem Dahinscheiden wurde Miss Cathy Dreschflegel von unsagbarer Traurigkeit ergriffen – weil sie meinte, nun niemals mehr sterben zu können.

Und dabei war sie doch für ihr Leben gerne gestorben!

DAS UNVERBESSERLICHE GESCHÖPF

Ein unverbesserliches Geschöpf tauchte immer wieder auf der Erde auf, obwohl es dort eigentlich längst „Hausverbot" hatte. Es half nichts – stets aufs Neue versuchte es als Papst, mit den untauglichsten Mitteln die Welt zu retten.

Erst als diese endgültig zu Grunde gegangen war, „besserte" sich das Geschöpf ein wenig – und blieb dem Planeten ein für alle Mal fern.

Um stattdessen anderswo sein Heil zu erproben ...

DER REICHE UND DIE LEICHE

Kommerzialrat Anastasius Nilpfennig, ein angesehener reicher Geschäftsmann, machte in einem Schwimmbad die Bekanntschaft einer Leiche.

„Warte nur, bis du ***mein*** Niveau erreicht hast! Dann helfen dir deine vielen Scheine auch nichts mehr!“, prophezeite sie ihm höhnisch. „Da haste trotzdem einen. Kauf dir was Schön’res zum Anziehen!“ Mit Gönnermiene schob er ihr einen Geldschein in die zerrissene Badehose.

Die Leiche kehrte indes lieber im Café des Bades ein, wo sie sich unter heftigem Protest der übrigen Gäste auf dem besten Platz fürstlich bedienen ließ – bis ihr „Mäzen“ seine Umkleidekabine aufsuchte.

Dorthin folgte sie ihm nun, erschreckte ihn gekonnt zu Tode, indem sie sich abrupt ihrer Badehose entledigte, und raffte dann gierig Geld und Wertstücke zusammen.

Als sie ihm Tage später als nunmehr reiche Leiche im Jenseits begegnete, war ***ihm*** dies peinlicher als **ihr**. „Ich habe dich ***gleich*** gewarnt vor meinem Niveau!“ So die augenzwinkernde Begrüßung.

„VERDÄCHTIGEN SIE MICH!“ (2)

„Verdächtigen Sie mich doch endlich!“, platzte es aus der jungen Baronesse Bronislawa Wasserteufel, die die längste Zeit schon einen überaus adretten Streifenpolizisten bei seiner abendlichen Runde durch den Park „mitumkreiste“, ohne dass er die geringste Notiz von ihr zu nehmen gewillt war.

Und als auch dieser Frontalangriff seinen Stolz nicht zu beeindrucken vermochte, lieferte sie ihm prompt „handfeste“ Verdachtsmomente – indem sie einfach seine Hose aufknöpfte.

Doch selbst dieses verzweifelte Manöver führte keineswegs zum gewünschten Erfolg. Er dankte ihr lediglich für die Hilfeleistung, verrichtete rasch seine Notdurft, knöpfte die Hose wieder zu – erklärte sich im Übrigen für ihre Belange gänzlich **unzuständig**, und sprach ihr die „amtliche Empfehlung“ aus, sich umgehend an einen Psychiater zu wenden.

„VERDÄCHTIGEN SIE MICH NICHT!“ (2)

„Verdächtigen Sie mich nicht, denn ich bin völlig unschuldig!“, versicherte absolut glaubhaft Miss Lilly Himbeerfloh einem „Schutzmann“, der sie seit einiger Zeit im Visier hatte und ihr dicht auf den Fersen folgte.

Genau dies aber war eben auch leider der Grund für seine Nachstellung gewesen – und so zerrte er sie ins nächste Gebüsch, um ihr die Unschuld zu ***rauben***.

„VERDÄCHTIGEN SIE SICH!" (2)

„Verdächtigen Sie sich ruhig, zu viel gefressen zu haben, wenn Ihnen Ihr nacktes Spiegelbild dies anzuzeigen scheint – und glauben Sie nicht an eine **Verschwörung** irgendwelcher luziferischer Kräfte zur Umnebelung Ihrer Sinne!", riet Prof. Stanislaus Honigmaus eindringlich den Teilnehmern seines Schlankheitsseminars.

Jedoch gingen diese in ihrem Eifer, möglichst rasch ihr Ziel zu erreichen, noch etwas weiter und verdächtigten sich **gegenseitig** der Völlerei. Und als sie durch Frustration sogar an Gewicht zulegten, verdächtigten sie den **Professor** der „reinen Unlauterkeit" – worauf dieser sie **allesamt** der hoffnungslosen Infantilität und Stupidität verdächtigte und den Kurs ohne Rückerstattung der Gebühren einfach abbrach.

Und nach dem gleichen Muster verfuhr er jahrelang, ohne sich auch nur im Geringsten **selber** zu verdächtigen.

Erst auf dem Sterbebette beschlich ihn dann ein vager „***Anfangs***verdacht" hinsichtlich eigener Unzulänglichkeiten ...

„VERDÄCHTIGEN SIE SICH NICHT!“ (2)

„Verdächtigen Sie sich nicht gleich, dass Sie verstorben seien, wenn Sie tief und fest auf dem Sofa einnicken – sondern schalten Sie lieber zeitgerecht den **Fernseher** aus!“, las Monsieur Bonvivant Pilzschädel höchst interessiert in „Allerlei nützliche Ratschläge für den Haushalt“ von Baron Memphis von Sargdeckel.

Als er aber dann wirklich eines Tages – ganz ***ohne*** Selbstverdächtigung – auf dem Diwan selig entschlafen war, hätte er sich vielleicht doch gewünscht, den Apparat ***ein***geschaltet zu haben.

Denn da lief eben die Allerheiligensendung „Trost für die Verblichenen“.

DIE ROSAROTE WOLKE

Mrs. Elena Flydry betrat ihre Küche, als eine rosarote Wolke aus dem Kühlschrank entwich. „Was haben Sie hier zu suchen?“, fragte sie barsch. „Ich wollte mich nur etwas frisch machen, um Sie besser einschneien zu können“, klärte sie die Wolke mit unschuldigem Lächeln auf und fing sogleich an, ihr Werk zu verrichten, bis sie vereist war.

Als Mr. George heimkam, vermeinte er hochentzückt, seine Frau hätte sich für ihn mit rosaroter Zuckerglasur übergossen, und begann sie gierig abzuschlecken.

Als er merkte, dass sie gefroren war, dachte er: „Umso besser. Bleibt sie länger frisch!“ und schob sie in die Tiefkühltruhe.

DAS VERSCHWUNDENE HAUS

Völlig zerknirscht fand Oberstudienrätin Valerie Brummschädel nach der Rückkehr von einer Reise in der Mitte des Grundes, auf dem bis vor kurzem ihr Haus gestanden war, die folgende, mit einem alten Küchenschemel beschwerte Nachricht:

> „***Versuche*** erst gar nicht, mich zu finden! Ich habe jemanden kennengelernt, der mich ***keine*** drei Wochen alleine lässt.
> – Zwischen uns ist es aus!
>
> Dein Haus“

MAMAS LIEBLING

Eine ***Mumie*** war Mamas Liebling: Sooft sie auf dem Heimweg an der Gruft vorbeikam, ***konnte*** sie einfach nicht anders, als „Mummy's Mummy" auf den Schoß zu nehmen und voller Hingabe zu liebkosen, während sie ihr dabei ihr Herz ausschüttete.

„Was ***findet*** die wohl bloß an meinesgleichen?!", rätselte indes ihr Darling voller Neugier – bis er sie dies endlich unumwunden ***fragte***.

„O Gott!", schrak sie entsetzt auf, „Sie ***sind*** ja gar nicht tot! Was ***fällt*** Ihnen ein, mich derart an der Nase herumzuführen, Sie rüpelhafte Person!" Und angeekelt warf sie die „Untote" zurück in den Sarg und rannte in Panik nach Haus.

Energisch trommelte sie dort ihre Kinder zusammen, um sie zu beschwören: „Lasst euch nur ***ja*** nicht einfallen, euch jemals ***tot***zustellen, solange ihr am Leben seid, ihr Fratzen! Sonst bringe ich euch **eigenhändig** um!"

„UNTERWERFEN SIE SICH DEM DIKTAT DER MODE!“

ODER DER GEHEILTE GRIESGRAM

„Unterwerfen Sie sich bedingungslos dem Diktat der Mode, und Sie werden vollauf geheilt sein!“ Trotz seiner etwas problematischen Figur folgte Lord Talbot Hummelkopf mutig, ja sogar mit Leidenschaft der Empfehlung von Starcouturier Toulouse Hustenkrampf – und war bald darauf in der Tat gänzlich befreit von seiner Griesgrämigkeit.

Denn jeder lachte bereits aus vollem Halse, wenn er ihn nur von weitem sah – sodass er sich von der plötzlichen „unerklärbaren guten Laune“ seiner Zeitgenossen immer mehr mitreißen ließ ...

DIE SCHRECKHAFTE LEICHE

Eine leicht erregbare Leiche, die sich erstmals in ihrem Zustande in einem zur „Beruhigung“ an der Innenseite des Sargdeckels montierten, beleuchteten Spiegel erkannt hatte, war über ihren Anblick dermaßen entsetzt, dass sie vor Schreck wieder zum Leben erwachte.

Sich solcherart im ***Sarge*** findend, traf sie gleich darauf vor Schreck neuerlich der Schlag – und dieses Wechselspiel wiederholte sich noch etliche von Malen, ehe sie zur Einsicht fand: „Diese ewige Erschreckerei raubt mir den allerletzten Nerv und ***muss*** einfach ein Ende haben!“

„Ich glaube fast, etwas sicherer fühle ich mich zunächst ***tot***!“, bekräftigte sie schließlich, vor die Wahl gestellt, welchen der beiden Zustände sie nun vorzog.

Es ist nicht bekannt, wie oft sie sich ***danach*** noch schreckte.

DER PAPST ALS HOSENSCHEISSER

Eine wirklich eklatante Neuerung geht auf Papst Windkopf V. zurück – der bis ins Erwachsenenalter von seiner Umwelt als „Hosenscheißer“ gehänselt worden war: Er führte die ***Soutane*** als Amtstracht der Heiligen Väter ein.

Wie es allerdings bei ihnen um den ***zweiten*** Teil des so lästigen „Kosewortes“ bestellt ist – darüber lassen sich nur höchst unheilige Vermutungen anstellen ...

„EXHUMIEREN SIE MICH!“

„Exhumieren Sie mich!“ Angsterstarrt vernahm Countess Prudence Semmelknoedel, die gerade inniglich ihres Gemahls gedachte, eine durchdringende Stimme aus dem Nachbargrab.

„Danke verbindlichst!“, grinste deren Inhaber, Mr. Woodcock Höllendunst, nachdem er von der Friedhofsaufsicht hektisch befreit worden war. „Ich wollte mich bloß vergewissern, wie lange Sie in etwa brauchen – für den Fall, dass es mich wirklich mal nach einer vorzeitigen Auferstehung gelüstet!“ Und durchaus zufrieden mit seinem Experimente ließ er sich wieder zuschaufeln, ohne den geringsten Obolus hierfür zu entrichten.

Seither werden auf dem Friedhof sämtliche Rufe von unten beharrlich und konsequent ignoriert.

Leider auch, wenn sie von tatsächlich „vor der Zeit“ Bestatteten herrühren ...

„EXHUMIEREN SIE MICH NICHT!“

„Exhumieren Sie mich bloß nicht! Sie könnten sonst definitiv herausfinden, dass meine über alles geliebte ***Gattin*** mich hierher befördert hat!“, krächzte es beschwörend durch den Sarg von Sir Maxwell Fleischpapst nach oben, als ein Team der Gerichtsmedizin über Auftrag der Staatsanwaltschaft im Begriffe war, sein Grab zu öffnen, nachdem erhebliche Verdachtsmomente gegen seine Witwe aufgetreten waren.

Da sparte man sich den ganzen Aufwand – und verurteilte Lady Halifax auf Grund „absolut unwiderlegbaren Zeugnisses aus erster Hand“ zum Tode.

Und das, obwohl sie völlig ***unschuldig*** war!

„EXHUMIEREN SIE SICH!“

„Exhumieren Sie sich meinetwegen, wann immer es Ihnen beliebt, aber verschonen Sie **andere** mit dem Gefasel, wie ***schön*** es doch da oben wäre!“, wies die frisch beigesetzte Mrs. Estelle Schroeckbart ihrer bereits länger unterirdisch weilenden Nachbarin Miss Natascha Wattebausch die kalte Schulter. „Ich habe weiß Gott genügend erlebt ***auf*** der Erde, um mir jetzt eine gehörige Mußezeit ***unter*** ihr zu vergönnen!“

Da erinnerte sich die Ausflugswütige, dass sie selber seinerzeit durch ein Beil in ihr Kreuz hierher gelangt war, entspannte und mäßigte sich rasch etwas, und zeigte sich – für die nächste Zeit wenigstens – wieder vollauf versöhnt mit ihrem gegenwärtigen Los.

„EXHUMIEREN SIE SICH NICHT!“

„Exhumieren Sie sich nicht, auch wenn es Sie noch so sehr danach drängt. Warten Sie lieber brav bis zum Jüngsten Gericht – desto erfrischter werden Sie **wiedererstehen** in alter Herrlichkeit! – Oder Sie lassen sich ***gleich*** verbrennen; das vereinfacht die Sache natürlich beträchtlich.“

Seine „Erbaulichen Anleitungen für die Zeit des Verwelkens“ hatte der etwas eigenwillige Bischof Ildebrando Wadenkrampf freilich ganz und gar ***ohne*** Billigung des Heiligen Stuhls verfasst.

Wofür ihn prompt der Feuertod ereilte.

DAS LEICHENPUBLIKUM

Seinen Beruf liebte Señor Bertoldo Grabfink, Leichenwäscher, über alles. Während er seine Kunden für ihren letzten, großen „Auftritt" fein frisierte und herausputzte, hatte er für seine Kalauer und Anekdoten, die nur so hervorsprudelten aus ihm, ein überaus **dankbares** Publikum, zu dem sonst keiner sprach.

Als sich jedoch eines Tages ein solcher Bestattungskanditat plötzlich wieder ***auf***richtete, um seine „Conférence" mit dem rüden Verweis: „Ach hör doch auf mit diesen Märchen! ***Mir*** kannst du ***nichts*** vorgaukeln!" zu unterbrechen, wurde er selber zum „Kunden" vor Schreck.

„Und wer erzählt nun ***mir*** Geschichten?", war seine ***erste*** Sorge jetzt.

DER PAPST ALS GIRAFFE

Um das Treiben in der Welt und nicht zuletzt im Vatikan von „höherer Warte" beurteilen zu können, ließ sich Papst Kugelini der Kleine vermittels seiner Allmacht einen extralangen Hals wachsen.

Und da ihm dies nicht nur in kirchlichen Kreisen erstaunlich viel Lob, Respekt und Bewunderung eintrug, fühlte er sich zum „gesteigerten Wohle der Christenheit" ermuntert, sich für den Rest der Amtszeit zur **Gänze** in eine Giraffe zu verwandeln. Wobei er aus Wertschätzung für den „umfassenden Weitblick" dieser Tiere, die ja bekanntlich auch dem Zölibat nicht unterworfen sind, bald darauf sogar eine Artgenossin **ehelichte**.

Kritischere Zeitgenossen vertraten allerdings den Standpunkt, er sei ausschließlich deswegen zu einem solchen Geschöpf mutiert, um endlich problemlos und ungeniert heiraten zu können ...

DER PAPST ALS GIRR-AFFE

Die Ambitionen seines Vorgängers, der sich selber zur Giraffe erhob, waren Papst Gockelinius dem Biederen **völlig** fremd.

Er schwor auf eine andere Methode, um das Kirchenvolk bei bester Laune um sich zu scharen: Er gab sich als **Affe** unter seinesgleichen – und mehrte seine Anhängerschaft kontinuierlich durch beharrliches frommes Girren und Gurren ...

DER PAPST ALS LACKAFFE

„So ein verdammter Lackaffe! Bildet sich tatsächlich ein, er wäre **frömmer** als ich!“, schnaubte der Teufel verächtlich, nachdem er bei einem abendlichen Tête-à-Tête bei Kerzenlicht vergeblich versuchte, Papst Joghurt den Mageren für seine Zwecke zu gewinnen.

Worauf er jedoch nie gekommen wäre: Sein Gegenspieler hatte den Lackaffen lediglich ***gemimt*** – um ihn möglichst rasch wieder loszuwerden! Denn da der Papst ausnahmsweise teuflisch gut informiert war, wusste er von der geradezu krankhaften Aversion des Höllenfürsten gegen diese Spezies (weil er ihr natürlich selber zugehörte).

In erstaunlich moderater Selbsteinschätzung empfand sich der Heilige Vater übrigens eher als ***Hornochse*** – wofür er eigentlich hätte heiliggesprochen werden müssen ...

DAS UNVERHOFFTE HONORAR

Beim Begräbnis von Monsieur Leo de Motzfort auf einem frommen Landfriedhof brach plötzlich während der salbungsvollen Rede des Geistlichen, Monsignore Maurizio Knochendrescher, eine Dame mit Federhut in schrilles, hysterisches Gelächter aus.

Und da sie dieses trotz mehrfacher Ermahnungen nicht nur nicht einstellen konnte oder wollte, sondern sogar noch steigerte, wusste der Geistliche sich nicht anders mehr zu helfen, als einem Totengräber den Spaten aus der Hand zu nehmen und die Gottlose im Namen Gottes damit zu erschlagen – nachdem er sie zuvor noch gesegnet hatte. Anschließend hielt er auch für ***diese*** Verblichene eine ergreifende Ansprache, die alle Anwesenden zu Tränen rührte.

Für jene zweite, unvorhergesehene Grabrede kassierte der Monsignore allerdings ein **separates** Honorar von seiner Behörde, bar auf die Hand, welches er ***nicht*** versteuerte.

Allen Mitbrüdern, die ihm daraufhin andeutungsweise unterstellten, den „Erlösungsakt“ lediglich „aus steuerlichen Gründen“ vollzogen zu haben, drohte der Gottesmann nun ebenfalls mit dem Spaten – im Namen Gottes!

DIE SUSPEKTE UNSCHULD

„Verurteilen Sie mich bitte keinesfalls, Euer Ehren, denn ich bin wirklich und wahrhaftig in jeder Hinsicht völlig unschuldig!“, beteuerte der wegen Mundraubs ohne Beweis angeklagte Signor Walpurgo Frühlingszweig gegenüber dem gestrengen Richter Ildegardo Taugenichts.

Doch genau das war es ja, was diesem so überaus suspekt erschien – denn er war noch nie jemandem begegnet, der wirklich in jeder Hinsicht völlig unschuldig war.

Und so verurteilte er ihn gleich zu einer doppelt hohen Strafe.

„ENTFERNEN SIE MICH!“

„Entfernen Sie mich endlich aus diesem Zoo, damit ich schleunigst die Welt retten kann!“, drangsalierte jeden Tag aufs Neue ein übertrieben ehrgeiziger und tatendurstiger Pavian seinen Wärter – bis der seinem brennenden Verlangen wirklich nachgab.

Und wiewohl der Affe bald darauf als „Dudelgack der Heißersehnte“ sogar zu Papstruhm gelangte, und seinen Pfleger zum Kardinalstaatssekretär ernannte, wurde erwartungsgemäß die Welt auch **dadurch** um nichts besser.

„ENTFERNEN SIE MICH NICHT!“

„Entfernen Sie mich nicht, denn ich bin gottgegeben!“, vermeinte Gräfin Esclarmonde Rosenduft in einer religiösen Spontanvision aus einer besonders voluminösen „Hinterlassenschaft“ ihres Bernhardiners Schnucki zu vernehmen, als sie diese pflichtbewusst, doch äußerst widerwillig vor dem Parlamente beseitigen wollte.

Nur zu gerne verzichtete sie nun freilich darauf – wofür sie prompt einem vorbeikommenden Polizisten Bußgeld zu entrichten hatte.

Welches sie dann aber als rechtschaffene Katholikin von der Kirchensteuer in Abzug brachte!

„ENTFERNEN SIE SICH!“

„Entfernen Sie sich von der Vergangenheit und blicken Sie ausschließlich in die Zukunft!“ Treu ergeben folgte Lord Princeton Babyschnuller dem Rate seines Psychiaters und Freundes Dr. Snowfield Sonnenkleid – und hatte es nicht zu bereuen.

Denn er starb bald darauf.

„ENTFERNEN SIE SICH NICHT!“ ODER

VOM RICHTIGEN UMGANG MIT TEUFELN UND HEILIGEN

„Entfernen Sie sich nicht, wenn Sie auf der Straße jemanden erblicken, der wie ein Teufel aussieht, sondern gehen Sie getrost voller Vertrauen auf ihn zu. Es könnte nämlich ebenso gut auch ein Heiliger sein!“

Diesen Schlüsselsatz aus dem Lehrbuch „Vom richtigen Umgang mit Teufeln und Heiligen“ von Pastor Salbei Magerfeld drehte der tapfere Chevalier Flaubert Wolkenzahn ein wenig übereifrig um – indem er in der Kirche einen Betenden, der wie ein Heiliger aussah, für einen Teufel hielt.

Wild entschlossen, ihn zu stellen, heftete er sich ihm an die Fersen und verfolgte ihn unerbittlich so lange – bis er mit ihm in der Hölle verschwunden war.

Denn in der Tat war es der Luzifer **persönlich** gewesen.

„UNTERSTEHEN SIE SICH NUR!“

„Unterstehen Sie sich nur ruhig, meinen Anweisungen striktest zu folgen. Sie werden es eines Tages desto bequemer haben bei mir!“, riet der Teufel freundschaftlich, aber mit Nachdruck dem neuen Papst Dreischädel III. im Einschulungsgespräch bei seinem Antrittsbesuch.

Der gehorchte getreulich – und fühlt sich bis heute so ***gut*** in der Hölle aufgehoben, dass er dort unverändert „zu Gast“ ist.

„UNTERSTELLEN SIE SICH!“

„Unterstellen Sie sich einmal, Sie wären dämlich. Desto weniger werden Sie enttäuscht sein, wenn Sie eines Tages herausfinden, dass Sie es tatsächlich sind!“ Dem klugen Rate aus „Die heilsame Selbsterkenntnis“ von Oberstudienrat Prof. Traugott Weinfass leistete Sir Desmond Fleischhummel allergehorsamst Folge.

Doch leider war der Lohn hierfür äußerst bescheiden und seine Enttäuschung grenzenlos. Denn in Wahrheit war er ***so*** dämlich, dass er es – zu Lebzeiten wenigstens – ***gar*** nicht herausfand.

„ENTSCHÄRFEN SIE MICH, MONSIEUR!“

„Entschärfen Sie mich, Monsieur, sonst kann ich für nichts garantieren!“

Dem Ersuchen von Gattin Charlotte folgend, verabreichte ihr Matthieu Graf Humpelhengst ein extrastarkes Schlafmittel – um die Nacht über einigermaßen sicher vor ihr zu sein.

„SCHÄRFEN SIE MICH, MADAME!“

„Schärfen Sie mich nur gründlich, Madame!“ Um an der Tafel ihrer Hochzeit mit Baron Beaujolais Wattefritz auch gehörig zulangen zu können, ließ sich Baronesse Amandine Klohummel noch rasch das Gebiss von Zahnärztin Solange Höllenkuss überarbeiten.

Im Erprobungseifer biss sie dann aber bereits ***vorher*** allzu kräftig beim **Bräutigame** zu – sodass eine Trauung mit ihm leider nicht mehr möglich war.

DIE IRRITATION AUF DER ALM

Gänzlich unerwartet begegneten zwei Kühe einander auf einer Alm. Während der Begrüßungszeremonie stellte sich heraus, dass die eine ***bellte*** wie ein Hund, und die andere ***krähte*** wie ein Hahn.

Nun lüfteten beide ihr Inkognito: Erstere gab sich als Bankierswitwe zu erkennen, Letztere als gefeierte Opernprimadonna.

Indes die eine gnädig einen Scheck ausschrieb, überreichte ihr die andere huldvoll ein Autogramm – und beide schieden in höchster Achtung voreinander.

DAS VERDÄCHTIGE GERÄUSCH

Ein verdächtiges Geräusch ließ den Earl von Znawa-Zearl abrupt nachts erwachen. Weder konnte er freilich erkennen, welcher Natur es war, noch, woher es kam. Gewiss schien ihm nur, dass der Ursprung in seinem Schlosse zu suchen war.

Schlaftrunken machte er sich also daran, Letzteres gründlichst zu durchforsten. Von der Gruft bis zum Turmgemach. – Leider vergeblich.

Tief erschöpft ließ er sich mittags wieder ins Bett fallen. „Mir kam das Geräusch ***gleich*** verdächtig vor!“, brummte er und schlief weiter.

Printed by Books on Demand GmbH, Norderstedt / Germany